교고서 속
세계 명작

안데르센 동화집

교과서 속
세계 명작

안데르센 동화집

초판 1쇄 2014년 5월 10일
초판 2쇄 2021년 10월 18일

원작 한스 안데르센
글 책글놀이
그림 에스더

펴낸이 조영진
펴낸곳 고래가숨쉬는도서관
출판등록 제406-2012-000082호
주소 경기도 파주시 회동길 329(서패동) 2층
전화 031-955-9680   팩스 031-955-9682
이메일 goraebook@naver.com

ISBN 978-89-97165-61-2 64800
ISBN 978-89-97165-60-5 64800(세트)

KC
품명 : 도서 / 전화번호 : 031-955-9680 / 제조년월 : 2021년 10월
제조국명 : 대한민국 / 제조자명 : 고래가숨쉬는도서관
주소 : 경기도 파주시 회동길 329 2층 / 사용 연령 : 7세 이상
* KC마크는 이 제품이 공통안전기준에 적합하였음을 의미합니다.

교과서 속 세계 명작

세계 명작

안데르센 동화집

원작 한스 안데르센
글 책글놀이 그림 에스더

고래가 숨쉬는
도서관

책 읽는 것은 재밌는데 독후감 쓰기는 싫은 친구는 없나요? 분명 있을 거예요. 그런데 어른들은 책을 읽고 나면 꼭 느낌을 물어보고, 독후감 쓰기를 강요하지요. 왜 그러냐고요? 독서만큼이나 '쓰기'도 중요하거든요. 쓰기는 반드시 훈련이 필요하답니다. 아무리 책을 많이 읽어도, 말을 잘 해도, 쓰기 훈련이 되어 있지 않으면 마음먹은 대로 글을 쓸 수가 없어요. 이제부터 차근차근 독후감 쓰기 연습을 해 보아요.

■ 독서 전 활동 **두근두근, 어떤 이야기가 펼쳐질까?**

예를 들어 오늘 읽을 책으로 '레 미제라블'을 고른다면 무슨 생각부터 할까요? '레 미제라블'이 도대체 무슨 뜻일까, 지은이는 누구일까, 어떤 이야기일까, 이것저것 궁금하지 않을까요? 그래요. 책 읽기는 이러한 궁금증부터 시작한답니다. 그런 뒤 다음의 활동들이 따라요.
- 책 제목과 표지 그림을 보고 어떤 이야기가 펼쳐질지 상상해 보아요.
- 책 표지와 뒤표지에 있는 글을 읽은 다음, 차례도 순서대로 읽어 보아요.
- 책을 펼쳐 그림만 쭉 보면서 책 내용을 상상해 보아요.

엄마 가이드 글을 잘 쓰기 위한 가장 중요한 비법은 무엇일까요? 막상 책을 덮고 글을 쓰려고 하면 아무런 생각도 나지 않은 경험이 있지요? 우리 어린이들도 마찬가지랍니다. 따라서 다양한 방법으로 독서 전에 흥미와 관심을 유발시켜 주세요. 과학책이나 역사책 등 지식 정보 책을 읽기 싫어하면 관심 있는 주제부터 먼저 읽도록 권해 주세요.

■ 독서 중 활동 **재밌는 곳은 포스트잇을 빵빵!**

책을 읽다가 재미난 장면이나 감동 깊은 장면이 있다면 포스트잇을 빵 붙여요. 중요한 장면에도 포스트잇을 빵 붙여요. 한 번 읽었다고 해서 휙 던져 버릴 것이 아니라 이렇게 저렇게 훑어보고 이야기를 하다 보면 자연스럽게 느낀 점도 말하기 쉽고 글감도 형성된답니다.
- 재미있는 장면이나 중요한 장면이 나올 때마다 포스트잇을 붙여요.

- 두 번째 읽을 때는 포스트잇이 붙어 있는 부분만 골라서 내용을 엮어 보아요.
- 그중 인상 깊은 장면을 세 가지 정도 골라 보아요.
- 감동을 받거나 새롭게 알게 된 사실 등은 다른 색깔로 포스트잇을 붙여요.

■ 독서 후 활동 **다양한 활동으로 기억 남기기**

- 명장면을 따라 그려요.
- 순서대로 중요 장면을 몇 장면 정해서 그리거나 글로 써 보아요.
- 등장인물을 그림으로 그리고 소개해요(옷, 신분, 나이, 대사 등).
- 마음에 드는 구절을 옮겨 써 보고, 내 생각도 넛붙여 보아요.
- 주인공에게 위로의 편지를 써 보아요.
- 다른 사람에게 읽은 책을 추천하고 그 이유도 세 가지 정도 써 보아요.
- 마인드 맵으로 이야기의 소재나 주제를 소개해요.
- 상상력을 펼쳐 뒷이야기를 써 보아요.
- 주인공을 내 이름으로 바꿔 새로운 이야기를 엮어 보아요.
- 주인공이나 줄거리, 배경 등이 비슷한 책을 함께 소개해요.

■ 세계 명작을 읽으며 글쓰기 실력 쑥쑥 늘려요!

오랜 시간 동안 세계 여러 나라 사람들에게 사랑받아 온 세계 명작에는 시대와 나라를 뛰어넘는 인류의 보편적 가치관과 철학이 담겨 있어요. 우리 조상들의 지혜가 담겨 있는 우리고전과 마찬가지로 세계 명작을 통해 우리 어린이들은 어려움을 이겨 내는 용기와 서로 돕는 아름다운 마음씨, 다른 사람에 대한 배려와 예의 등을 자연스럽게 익힐 수 있지요. 세계 명작 속 등장인물이 되어 이야기를 따라가다 보면 읽는 즐거움은 물론 집중력과 상상력까지 길러 준답니다. 세계 명작의 줄거리를 파악하고, 그 안에 담긴 주제의식이나 우리와는 다른 여러 나라의 생활과 풍습, 문화 등에 대해 생각해 보고 독후감 쓰기를 하다 보면 글쓰기 실력도 쑥쑥 늘어날 거예요.

차례

벌거벗은 임금님

아주 오래전, 어느 나라에 새 옷을 좋아하는 황제가 살았습니다. 황제는 새 옷을 너무 좋아한 나머지 나랏일에는 전혀 신경을 쓰지 않고 오직 새 옷을 장만하는 데에만 정신이 팔려 있었습니다. 황제는 하루에도 몇 번씩 새 옷으로 갈아입었습니다. 신하들이 나랏일을 의논하러 왔지만 그때마다 황제는 새 옷으로 갈아입느라 신하들을 만나지 못했습니다. 단 새 옷을 만드는 재단사는 언제든지 황제를 만날 수 있었지요.

어느 날, 황제가 사는 도시에 낯선 두 명의 남자가 나타났습니다. 그들은 사람들에게 이렇게 떠벌였습니다.

"우리는 천을 짜는 일을 하는 사람들입니다. 우리는 여러분들이 상상조차 할 수 없는 예쁜 옷감 짜는 법을 알고 있지요. 게다가 우리가 짠 옷감으로 만든 옷은 아주 특별하답니다."

"체, 옷이 그냥 옷이지. 특별한 옷은 또 뭐람!"

두 남자의 말을 듣던 사람들이 코웃음을 치며 말했습니다.

"어떤 옷이냐고요? 아마 들으면 모두 깜짝 놀라실 겁니다."

두 남자는 아주 자신만만했습니다.

"그렇게 뜸들이지 말고 어떤 점이 특별한지 말해 보시오."

사람들이 궁금해서 다그치자 두 남자는 이렇게 말했습니다.

"우리들이 만든 옷은 어리석은 사람들에게는 보이지 않는 옷이랍니다."

"하하하. 예끼, 여보시오. 세상에 그런 옷이 어디 있단 말이오? 말도 안 되는 거짓말이지!"

사람들은 두 사람의 말에 웃음을 터뜨리며 비웃었어요.

"사실입니다. 우리가 만든 옷은 현명하고 지혜로우며 정직한 사람들의 눈에만 보인답니다."

"정말 그런 옷을 만들 수 있단 말이오?"

사람들이 놀라서 물었습니다.

두 남자의 이야기는 도시 안에 퍼지고 퍼져서 마침내 황제의

귀에도 들어갔습니다.

　'세상에 그런 신기한 옷이 있다니! 정말 그런 옷이 있다면 당
연히 내가 입어야지!'

　황제는 두 남자를 궁으로 불러들였습니다.

　"너희들이 아주 신기하고 멋진 옷을 지을 수 있다고 하던데

그게 사실이냐?"

"네, 폐하. 저희들이 짓는 옷은 정말 세상 어디에도 없는 특별한 옷입니다."

"그렇다면 나를 위해 당장 그 옷을 짓도록 하라. 옷이 내 마음에 든다면 너희에게 후한 상금을 내리겠다."

"폐하, 그런데 옷을 짓기 위해서는 최고급 명주실과 금실, 그리고 그 밖에도 아주 많은 것들이 필요합니다."

"아무 염려 말거라. 너희가 옷을 짓기 위해 필요한 모든 것들은 즉시 갖다 주도록 하겠다."

황제는 두 남자에게 옷을 지을 방을 마련해 주었어요. 옷감을 짤 커다란 베틀도 두 대를 가져다주었지요. 그리고 최고급 명주실과 금실, 사파이어 단추 등등 귀하고 값진 재료들을 두 사람이 달라는 대로 다 내주었어요. 두 남자는 그 물건들을 모조리 자신들의 커다란 가방 속에 넣었답니다.

"흐흐흐. 자 이제 일을 시작해 볼까!"

두 남자는 기분 나쁜 웃음을 주고받고는 빈 베틀에 나란히 앉았어요.

"짤깍짤깍!"

그리고 밤새도록 일했어요. 아니, 일을 하는 척했어요. 그래요, 이 사람들은 황제와 신하들을 속이고 금은보화를 얻어 가려고 하는 사기꾼들이었던 거예요.

며칠이 지났어요. 황제는 두 남자가 밤을 세워 짜고 있다는 옷감이 어떤 건지 너무 궁금했어요. 당장이라도 달려가 두 눈으로 보고 싶은 마음이 굴뚝같았어요. 하지만 마음 한 켠에서 살짝 불안한 마음이 들어 그럴 수가 없었답니다. 물론 황제는 자기 자신이 아주 현명하고, 정직하고, 지혜로운 사람이라고 자신했어요. 하지만 만약에, 혹시라도, 그럴 일은 정말 절대 없겠지만……, 황제의 눈에 그 천이 보이지 않는다면 그건 아주 큰일이니까 말이에요. 그래서 황제는 신하 중에서 가장 믿음직스럽고, 충성심이 강하며, 정직하고, 지혜로운, 나이 많은 대신을 불렀어요.

"가서 옷 만드는 일이 얼마나 진행되었는지 보고 오너라!"

나이 많은 대신은 황제의 명을 받고 사기꾼들이 일하는 방으로 갔어요.

사기꾼들은 반갑게 대신을 맞으며 이렇게 말했어요.

"어서 오십시오. 일은 착착 진행이 잘되고 있습니다. 이 아름다운 옷감을 한번 보십시오."

사기꾼들은 마치 진짜 옷감이 있기라도 한 것처럼 두 손을 조심스레 허공에 받쳐 들고 대신에게 내밀었어요.

"……!"

대신의 얼굴이 벌게졌어요. 아무리 봐도 대신의 눈에는 그 아름답다는 옷감이 보이지 않았거든요.

'이런, 아무것도 보이지 않잖아! 내가 어리석고 정직하지 못한 사람이란 말이로군! 황제께서 이걸 아시면 나는 당장 이 자리에서 쫓겨날 텐데.'

황제의 신하 중에서 가장 믿음직스럽고, 충성심이 강하며, 정직한 대신은 당황했지만 곧 아무렇지 않은 척 감탄을 하며 말했어요.

"내 이렇게 아름답고 멋진 옷감은 태어나 처음 보는구려. 황제 폐하께서 보시면 아주 기뻐하실 것이오!"

"암요. 그렇다마다요."

사기꾼들은 대신의 말에 흐뭇한 미소를 지으며 맞장구를 쳐 주었어요.

대신은 황제에게 돌아가 흥분된 목소리로 말했어요.

"폐하. 그들이 짜는 옷감은 정말 세상에서 한 번도 본 적이 없는 아름다운 것이었습니다. 그 아름다운 색채며 무늬는 제가 말로 설명하기 어려울 정도이옵니다."

"그래? 그렇게 아름답다니 하루빨리 그 옷감으로 만든 옷을 입고 싶구나!"

황제는 대신의 말에 흐뭇하게 웃으며 대답했어요.

다시 며칠이 지났어요. 황제는 다시 궁금해지기 시작했어요. 하지만 이번에는 용맹하고 똑똑하기로 소문이 난 젊은 대신을 보냈어요. 사기꾼들은 두 번째 대신이 오자 지난번처럼 호들갑을 떨며 있지도 않은 옷감을 보여 주었어요.

"보십시오. 이 아름다운 새 문양을!"

"마치 지금이라도 살아서 훨훨 날아갈 것 같지 않습니까?"

젊은 대신은 눈을 크게 뜨고 사기꾼들이 내민 손을 바라보았어요. 그러나 아무리 보아도 옷감은커녕 실 한 올조차도 보이지 않았어요.

"흠흠……."

젊은 대신은 당황한 나머지 얼굴이 벌게졌어요.

"아니, 왜 그러십니까? 혹시, 이 옷감이 보이지 않으십니까?"

사기꾼들이 음흉한 얼굴로 물었어요.

"아니, 그게 무슨 소리인가? 옷감이 하도 아름다워서 내 잠시 할 말을 잊은 것 뿐일세!"

젊은 대신은 화를 내며 말했어요. 그리고 황제에게 돌아가 이렇게 말했어요.

"폐하. 지금까지 제가 본 그 어떤 옷감보다 아름다운 옷감이었습니다. 지금도 그 옷감에 수놓아 있는 아름다운 새가 눈앞에 아른거립니다."

황제는 이제 더 이상 참을 수가 없었어요.

"직접 가서 내 두 눈으로 확인해야겠다. 더 이상 참을 수가 없구나!"

황제는 앞서 옷감을 보고 온 두 대신과 다른 신하들을 이끌고 사기꾼들이 일하는 방으로 갔어요. 황제와 신하들이 방에 들어서자, 텅 빈 베틀 앞에서 옷감 짜는 흉내를 내던 사기꾼들이 서둘러 일어나 인사를 했어요. 사기꾼들이 옷감을 소개하기도 전에 먼저 다녀갔던 두 대신들이 나섰어요.

"보십시오, 폐하. 정말 아름답지 않습니까?"

나이 든 대신이 텅 빈 베틀을 가리키며 말했어요.

"맞습니다, 폐하. 저 아름다운 문양들과 저 아름다운 색을 보십시오."

이에 질세라 젊은 대신도 호들갑스럽게 말했어요.

"……!"

황제는 아무 말 없이 눈을 한 번 감았다 떴어요. 아무리 봐도 황제의 눈에는 텅 빈 베틀만 보였으니까요.

'이런 세상에! 내 눈에는 아무것도 보이지 않잖아! 내가 그토록 어리석은 사람이란 말인가?'

황제는 잠시 당황했지만 이내 침착해졌어요. 자기를 지켜보는 많은 신하들 앞에서 망신을 당할 수는 없었거든요.

"허허. 정말 아름다운 옷감이로구나. 짐의 마음에 꼭 든다. 어서 이 옷감으로 만든 옷을 입어 보고 싶구나!"

황제는 억지로 미소를 지으며 말했어요.

"폐하. 며칠 뒤에 열리는 행차에 이 옷감으로 만든 옷을 입고 가시옵소서. 모든 백성이 폐하의 아름다움을 칭송할 것이옵니다!"

대신들이 황제에게 건의를 했어요. 황제도 대신들의 말에 고개를 끄덕이며 말했어요.

"그거 참 좋은 생각이구나! 여봐라. 너희들은 며칠 뒤에 열릴 행차에 맞춰 이 옷감으로 옷을 짓도록 하라."

황제는 사기꾼들에게 명령을 내렸어요.

사기꾼들은 고개를 깊이 숙이며 대답했어요.

"네, 폐하, 저희들이 세상에서 가장 아름다운 옷을 만들어 바치겠사옵니다!"

황제는 두 사기꾼들에게 훈장과 금은보화를 내려 주었어요.

사기꾼들이 짓고 있는 아름답고 신기한 옷감 소식은 널리 퍼져 온 도시의 사람들이 다 알게 되었어요.

"세상에 진짜 그런 옷감이 있을까?"

"황제가 그 옷감으로 만든 옷을 입고 행차에 나온다네."

사람들은 기대에 차서 황제의 행렬을 기다렸습니다.

행차가 있기 전날, 사기꾼들은 촛불을 열여섯 개나 켜 놓고 방을 환하게 밝힌 채 밤을 세웠습니다.

"쓱싹쓱싹!"

사기꾼들은 허공을 가로지르며 부지런히 가위질을 했어요.

"쓰윽, 쓰윽!"

실도 꿰지 않은 바늘로 부지런히 바느질도 했어요.

"하, 정말 아름답군!"

많은 신하들이 몰려와 그 광경을 보며 감탄했어요.

아침이 되자, 황제는 많은 신하들을 거느리고 새 옷을 입으러 사기꾼들의 방으로 갔어요.

"폐하, 이것이 바로 윗옷이고, 이것은 바지, 이것이 망토입니다."

사기꾼들은 마치 옷을 들고 있는 것처럼 황제의 앞에 서서 팔을 들고 설명을 했어요.

"흠흠……. 정말 아름답구나!"

황제의 눈에는 여전히 아무것도 보이지 않았어요. 하지만 황제는 매우 흡족한 것처럼 억지로 미소를 지으며 말했어요.

"폐하, 이 옷은 공기처럼 가벼워서 입어도 입고 있지 않은 느낌이 들 것입니다."

사기꾼들이 음흉하게 웃으며 말했어요.

그리고 마침내 황제는 옷을 하나씩 벗고 속옷 차림이 되어 거울 앞에 섰어요. 그러자 사기꾼들이 다가와 옷을 입혀 주는 시늉을 하기 시작했어요.

"폐하, 팔을 들어 주십시오. 자, 이번에는 바지를 입으실 차례이옵니다. 그리고 마지막으로 이 망토를 걸치십시오. 이제 다 입으셨습니다. 어떠십니까, 폐하, 마음에 드시옵니까?"

사기꾼들이 거울 속의 황제를 보며 물었습니다.

"흠흠, 아주 마음에 드는구나! 공기처럼 가벼운 옷감이라더니 정말 아무것도 입지 않은 느낌이야!"

황제는 만족한 듯 거울 속에 비친 자기 모습을 보며 고개를 끄덕였어요. 그리고 이리저리 몸을 돌려 거울에 비춰 보았어요.

"폐하. 정말 너무나 황홀하옵니다."

"지금까지 입었던 옷 중에서 가장 아름다운 옷이옵니다!"

신하들이 입을 모아 황제의 새 옷을 칭찬했어요.

황제는 의기양양하게 걸어서 궁궐을 나가 행진을 시작했어요. 시중들은 황제의 보이지 않는 망토를 잡는 시늉을 하며 뒤를 따랐어요.

황제는 그 어느 날보다 늠름하게 도시 한가운데를 걷기 시작했어요. 황제의 새 옷을 구경하기 위해 사람들이 구름처럼 몰려들었어요.

"우아, 저 아름다운 옷 좀 봐!"

"황제 폐하의 새 옷은 정말 눈이 부실 정도야!"

사람들은 모두 하나같이 입을 모아 황제의 새 옷을 칭찬했어요. 이제껏 사람들이 황제의 새 옷을 그렇게 칭찬했던 적은 한 번도 없었어요.

'흠, 앞으로는 행차 때마다 이 옷을 입어야겠군!'

황제의 걸음은 더욱더 당당해지고 느려졌어요.

그런데 바로 그때였어요.

“깔깔깔! 아무것도 안 입었어! 아무것도!”

어른들 틈에 껴 있던 한 어린아이가 황제를 보고 이렇게 소리

쳤어요.

주위에 있던 어른들이 깜짝 놀라 아이를 보았어요. 아이는 이

제 겨우 예닐곱 살이나 되었을까 한 아주 작은 꼬마였어요.

“방금 저 아이 말을 들었어요?”

“저 아이 눈에 아무것도 보이지 않는다는데?”

“저 아이 말이 맞는 거 아닐까?”

"자네 눈에는 뭐가 보이나? 사실 내 눈에는 아무것도 보이지 않아."

"자네도 그런가? 나도 그렇다네."

사람들 사이에서 작은 웅성거림이 시작됐어요. 그 웅성거림은 점점 커졌어요.

"황제는 지금 아무것도 입고 있지 않아!"

"하하하. 황제가 벌거벗었어!"

마침내 사람들은 황제를 보며 큰 소리로 웃기 시작했어요.

이 모든 소리는 황제의 귀에도 고스란히 다 들렸어요. 황제는 얼굴이 벌게졌어요. 황제도 이제는 자신이 아무것도 입고 있지 않다는 걸 알았어요. 그러나 설사 그렇다고 해도 황제 체면에 도망치듯 행차를 마칠 수는 없었지요.

황제는 얼굴이 빨갛게 물든 채 아주 당당하고, 늠름하게 끝까지 행차를 마쳤답니다.

못생긴 아기 오리

아주 더운 여름이에요. 농장의 동물들은 더위를 피해 그늘에 들어가 쉬고 있어요. 오리들은 시원한 물가에 나와 물풀들을 헤치며 헤엄을 치고 있었지요. 그런데 꼼짝도 하지 않고 이 더위를 꾹 참고 있는 오리 한 마리가 있었어요. 바로 키 큰 우엉 잎 사이의 둥지 위에 앉아 있는 엄마 오리였어요. 엄마 오리는 지금 며칠째 알을 품고 있어요. 엄마 오리가 품고 있는 알은 모두 일곱 개, 그러니까 곧 일곱 마리의 귀여운 아기 오리들이 태어날 예정이랍니다. 날이 아무리 더워도, 비바람이 불고, 천둥이 쳐도 엄마 오리는 꼼짝도 하지 않고 알들을 품어요. 이제 곧 만나게 될 귀여운 아가들의 모습을 상상하면서요. 그리고 시간이 흘러 마침내 엄마 오리가 기다리던 그 순간이 왔어요.

"찌직!"

알 하나가 갈라지기 시작했어요. 그러자 기다렸다는 듯이 다른 알들도 갈라지기 시작했어요. 작은 아기 오리들이 갈라진 알 사이로 고개를 내밀고 나오기 시작했어요.

"꽥꽥!"

아기 오리들은 알에서 나오자마자 신기한 듯 여기저기를 둘러보았어요.

"귀여운 내 아기들!"

엄마 오리는 사랑이 가득 담긴 눈으로 아기 오리들을 보며 말했어요. 그런데 이게 어쩐 일이죠? 아기 오리들이 모두 나온 줄 알았는데 아니었어요. 가장 큰 알이 아직도 그대로지 뭐예요.

"이런! 대체 얼마나 더 있다 나오려고 하는 거지?"

엄마 오리는 한숨을 쉬며 남은 큰 알을 다시 품었어요.

꽥꽥하는 아기 오리들의 울음소리를 듣고 나이 많은 오리 할머니가 찾아왔어요.

"어떻게 됐어? 아기들은 모두 잘 나왔니?"

"다들 잘 나왔어요. 그런데 아직 한 애가 나오지 않았어요. 저

기 우리 애들 좀 보세요. 정말 귀엽고 사랑스럽지 않나요?"

엄마 오리가 자랑스러운 얼굴로 말했어요.

"정말 사랑스러운 아기 오리들이군. 그런데 아직 나오지 않은 알이 있다니 어디 한번 볼까?"

할머니 오리가 엄마 오리 가까이로 다가오며 말했어요.

엄마 오리는 살짝 몸을 들어 품고 있던 알을 보여 주었어요.

"이런! 이건 오리 알이 아닌 것 같은데? 이렇게 큰 알은 오래 산 나도 본 적이 없어. 이건 분명히 다른 새의 알일 거야. 그러니

그 알은 그냥 내버려 두고 아기 오리들에게 헤엄치는 법이나 알
려 주라고.”

할머니 오리가 혀를 끌끌 차며 말했어요.

“설마요. 제가 지금껏 품었는데 다른 새의 알일 리가 있나요?
좀 더 기다려 볼래요. 알이 이렇게 크니 분명 크고 건강
하고 아름다운 아기가 나올 거예요.”

엄마 오리는 이렇게 말하며 다시 알을 품기 시작했어요.

"마음대로 하게. 그거야 뭐 자네 마음이지."

할머니 오리는 이렇게 말하고 뒤뚱뒤뚱 자기 집으로 돌아갔어요.

엄마 오리는 알을 계속 품었어요. 먼저 나온 아기 오리들이 옆에 와 칭얼거렸지만 꿈쩍도 하지 않았어요.

"얘들아, 조금만 기다려. 아직 동생이 나오지 않았단 말이야. 동생이 나오면 너희들을 데리고 시원한 물가에 가서 헤엄치는 법을 알려 줄게."

엄마 오리는 아기 오리들을 달래며 알을 품었어요.

마침내, 하나 남았던 그 큰 알에도 금이 가기 시작했어요.

"꺽꺽!"

그리고 엄청나게 큰 아기 오리가 나왔어요. 다른 아기 오리들에 비해 몸집이 두 배는 넘게 차이가 나는 것 같았어요. 그것뿐만이 아니었어요. 그 아기 오리는 너무 못생긴 데다 털까지 회색이었어요. 먼저 나온 아기 오리들과는 생긴 것이 아주 달랐지요.

"정말 이상하게 생겼네. 할머니 말대로 칠면조의 아이인가? 그래, 칠면조들은 헤엄을 치지 못하니 물에 넣어 보면 알 수 있을 거야."

엄마 오리는 고개를 갸웃거리며 혼잣말을 했어요. 그러고는 아기 오리들을 물가로 데려갔어요.

엄마 오리가 뒤뚱뒤뚱 앞장을 서고 아기 오리들이 차례차례 그 뒤를 따라 걸었어요.

"얘들아, 겁내지 말고 차례차례 나를 따라 들어오렴."

엄마 오리는 먼저 물속으로 들어가 물장구를 치는 시범을 보였어요.

"꽥꽥!"

아기 오리들은 엄마 오리를 따라 물속으로 들어왔어요. 처음에는 물속에 머리가 잠기기도 했지만 이내 떠올라서 엄마 오리처럼 발장구를 쳤어요. 마지막에 태어난 아기 오리 차례가 되었어요. 엄마 오리가 걱정스러운 눈빛으로 막내 아기 오리를 바라보았어요. 그런데 막내 아기 오리는 망설이지 않고 첨벙 물속으로 뛰어들어 멋지게 발장구를 쳤어요. 그리고 꼿꼿하게 몸을 세우고 엄마 오리를 바라보았어요. 그 자태는 다른 아기 오리들보다 멋져 보이기까지 했어요.

"아, 다행이야. 헤엄치는 걸 보니 역시 내 아기가 확실해!"

엄마 오리는 그제야 마음이 놓였어요.

"자, 애들아, 이제 우리가 살 농장으로 가자꾸나. 농장의 식구들한테도 인사를 해야지."

엄마 오리는 아기 오리들을 데리고 농장으로 향했어요.

"어머, 오리 아주머니, 정말 예쁜 아기들이에요."

"세상에, 어쩜 저렇게 깃털이 곱고 예쁠까!"

동물 농장 식구들이 아기 오리들을 보고 저마다 한마디씩 말했어요. 엄마 오리의 어깨는 더욱 으쓱해졌지요. 그런데 막내 오리가 나타나자 이번에는 농장 식구들이 놀라서 또 저마다 한마디씩 했어요.

"어머! 쟤는 대체 뭐야?"

"무슨 덩치가 저렇게 커?"

"세상에, 저 회색 털 좀 봐."

농장 식구들의 말을 들은 막내 아기 오리는 그만 풀이 팍 죽어 고개를 숙이고 말았어요.

이제 엄마 오리와 아기 오리들은 농장에서 살게 되었어요. 모두들 사랑스러운 아기 오리들을 귀여워했지요. 단 한 마리, 막내 오리만 빼고 말이에요.

"저리 가!"

"아이, 어쩜 저리 보기 흉하게 생겼담!"

막내 아기 오리만 나타나면 다른 오리들은 부리로 콕콕 쪼며 막내 오리를 멀리 쫓아냈어요.

"멍멍!"

개들도 막내 오리만 보면 꼬리를 높이 쳐들고 위협적으로 짖어 댔어요.

"대체 왜들 그래요? 우리 막내가 무슨 잘못을 한 것도 아닌데, 왜 다들 못살게 구는 거죠?"

보다 못한 엄마 오리가 화를 냈지만 아무 소용이 없었어요. 이젠 같이 태어난 아기 오리들까지 막내 오리를 괴롭히기 시작했어요.

"저리 가, 이 못난이야."

"너 때문에 우리들까지 창피하단 말이야."

"차라리 여우한테 물려 가 버려. 그렇게 못생긴 얼굴로 살기 창피하지도 않니?"

아기 오리들은 막내 오리가 곁에 오지도 못하게 했어요.

"흑흑. 왜 나는 이렇게 못생기게 태어났을까? 아무도 나를 좋아하지 않아!"

막내 아기 오리는 서러워 눈물을 흘렸어요.

그 모습을 보는 엄마 오리의 마음도 무척 안타까웠어요.

하루하루 날이 지났어요. 아기 오리들은 점점 더 예쁘게 자라서 멋진 오리의 모습을 갖춰 가기 시작했어요. 단 한 마리 막내 오리만 빼고 말이에요. 처음에는 막내 오리를 감싸 주던 엄마 오리마저 막내 오리에게 짜증을 내기 시작했어요.

"도대체 너는 시간이 지나도 예뻐지지 않는구나. 너 때문에 창피해 죽겠어. 모두 너만 보면 수군수군 뒤에서 야단들이란 말이야."

"엄마……."

막내 아기 오리는 엄마의 말에 너무 슬퍼 눈물만 뚝뚝 흘렸어요.

'이곳에서는 아무도 날 사랑해 주지 않아. 이제 엄마조차 나를 미워하는걸. 그래, 이곳을 떠나자. 넓은 세상에 가면 날 사랑해 줄 누군가를 만날지도 몰라!'

참다 못한 막내 아기 오리는 농장을 떠나기로 마음먹었어요.

농장 식구들이 아직 단잠을 자는 이른 새벽, 막내 아기 오리는 홀로 농장을 떠났어요. 아기 오리는 걷고 걸어서 물가에 도착했어요. 마침 잠에서 깬 야생 오리들이 아기 오리를 발견했어요.

"너는 대체 어디서 온 거니?"

야생 오리들은 아기 오리를 위아래로 훑어보며 물었어요.

"안녕하세요, 전 농장에서 온 아기 오리예요."

아기 오리는 고개를 푹 숙이며 공손하게 인사를 했어요.

"오리? 네가 오리라고? 호호호!"

야생 오리들이 웃기 시작했어요.

"너처럼 못생긴 오리는 처음 보는구나. 하지만 상관없어. 너는 우리 가족이 아니니까!"

야생 오리들은 아기 오리를 남겨 두고 훨훨 날아가 버렸어요.

아기 오리는 슬픈 눈으로 그들을 바라보았어요. 그리고 다시 길을 떠났어요. 이번에는 아기 기러기 두 마리를 만났어요.

"이봐 친구. 넌 정말 못생겼구나. 하지만 그 점이 우리 마음에 드는걸!"

"이리 와, 우리랑 같이 놀자."

기러기들은 못생긴 아기 오리를 반겨 주었어요.

아기 오리는 기쁜 마음으로 기러기들 곁으로 다가갔어요.

그런데 바로 그때였어요.

"땅땅!"

어디선가 요란한 소리가 들리더니 아기 오리 눈앞에서 기러기들이 피를 흘리며 쓰러졌어요. 아기 오리는 깜짝 놀라 근처 수풀

아기 오리는 마침내 마음을 굳혔어요.

"흥, 마음대로 해."

암탉은 아기 오리가 떠나든 말든 관심이 없었어요.

아기 오리는 할머니의 오두막을 나와 다시 길을 떠났어요. 어느새 계절은 가을을 지나 초겨울로 접어들고 있었어요. 어느 날 저녁, 아기 오리는 아름다운 호수에 다다랐어요. 그리고 그 호숫가 덤불 사이로 나타난 아름다운 새들을 보았어요. 새들은 목이 길고 우아했으며, 눈부시게 아름다운 새하얀 몸을 가지고 있었어요. 그 새들은 바로 백조였어요. 백조들은 겨울이 다가오자 따뜻한 남쪽 지방으로 날아갈 채비를 하고 있었어요. 백조들은 그 큰 날개를 활짝 펴고 천천히 날아올라 호수를 지나 먼 하늘로 사라졌어요.

"아, 정말 아름다운 새들이야!"

아기 오리는 백조들이 보이지 않을 때까지 하늘을 오래오래 바라보았어요.

겨울은 점점 깊어 갔고 호수의 물도 조금씩 얼기 시작했어요. 아기 오리는 호수가 다 얼어 버릴까 봐 쉴 새 없이 헤엄을 치고 다녔어요. 하지만 소용없었어요. 아기 오리는 기운이 빠져 호수

한 가운데서 꼼짝도 못한 채 얼어붙고 말았어요. 마침 지나가던 농부 한 사람이 아기 오리를 보았어요. 농부는 아기 오리를 구해 자기 집으로 데려갔어요.

"아기 오리다!"

농부의 아이들이 소란스레 아기 오리를 맞아 주었어요. 그 소란스러운 소리에 아기 오리도 깨어났어요.

"아기 오리가 깨어났어!"

아기 오리는 아이들의 큰 목소리에 놀라 뛰기 시작했어요.

"아기 오리가 도망간다!"

"거기 서!"

아이들은 신이 나서 소리를 지르며 아기 오리의 뒤를 쫓았어요. 아기 오리는 더욱더 놀라서 뛰다가 우유 통을 엎지르고 말았어요.

"아니, 이 오리 새끼가!"

농부의 아내가 화가 나 부지깽이를 들고 아기 오리를 뒤쫓기 시작했어요.

다행히 농부의 집 문이 열려 있었어요. 아기 오리는 열려 있는 문 사이로 죽을 힘을 다해 달아났어요. 아기 오리는 정신없이 뛰고 또 뛰어 덤불 속으로 몸을 숨겼어요.

그 긴 겨울이 지나는 동안 아기 오리는 이렇게 몇 차례나 죽을 뻔한 고비를 넘겨야 했지요. 그리고 드디어 끝나지 않을 것 같았던 겨울이 마침내 끝이 났어요. 태양은 다시 따뜻하게 빛나기 시작했고, 종달새는 하늘 높이 날아올라 노래하기 시작했어요.

아기 오리는 문득 날개를 파닥였어요. 날개에 전보다 더 힘이 생긴 걸 아기 오리도 느낄 수 있었어요. 아기 오리는 더 힘차게 날개를 파닥였어요. 그러자 아기 오리의 몸이 천천히 떠오르기 시작했어요.

"아, 내가 날 수 있어!"

아기 오리는 놀라서 소리쳤어요. 그리고 더욱더 힘차게 날갯짓을 했어요. 아기 오리는 눈 깜짝할 사이에 아름다운 연못까지 날아갔어요. 그곳에는 지난 겨울이 시작될 무렵에 보았던 아름다운 백조들이 앉아 있었어요. 아기 오리는 살며시 그들이 앉아 있는 연못 위로 내려앉았어요.

'나도 저 아름다운 새들 곁으로 가고 싶어. 하지만 내가 다가가면 그들은 화를 낼 거야. 어쩌면 날 쪼아 죽일지도 몰라. 하지만 그래도 괜찮아. 한 번만이라도 저 아름다운 새들 곁에 가고

싶어.'

아기 오리는 용기를 내어 그 백조들 곁으로 헤엄쳐 갔어요.

아기 오리가 다가오는 것을 본 백조들이 커다란 날개를 펼치며 파닥거렸어요.

"제발 날 쫓아내지 말아 주세요!"

아기 오리는 고개를 숙여 애원했어요.

그런데 바로 그때, 아기 오리는 물속에 비친 자기 모습을 보게 되었어요. 아기 오리는 자기 눈을 의심했어요. 물속에는 못생긴 아기 오리가 아닌 아름다운 백조 한 마리가 보였어요.

　"와, 저기 봐. 새로운 백조가 나타났어!"

　"아름다운 백조야. 정말 멋지다!"

　어디선가 아이들의 소리가 들려왔어요. 아기 오리는 살짝 고개를 들어 보았어요. 호숫가에 놀러온 아이들이 자신을 가리키며 하는 소리였어요. 아이들은 가져온 빵 조각과 과자 조각을 백조가 된 아기 오리에게 던져 주었어요. 그리고 다른 백조들이 다가와 반갑게 인사를 했어요.

　'아, 난 미운 아기 오리가 아니라 아름다운 백조였어!'

　아기 오리도 기쁨에 겨워 그들의 인사에 답했어요.

성냥팔이 소녀

살을 에는 듯이 추운 겨울날이에요. 어두워지는 거리에는 하
얀 눈이 펑펑 내리고 있었습니다. 오늘은 한 해의 마지막 날이기
도 했지요. 날이 어찌나 추운지 사람들은 서둘러 집으로 발길을
재촉하고 있었어요.

자그마한 한 소녀가 다 떨어진 옷을 입고 큰길을 건너고 있었
어요. 소녀의 발에는 커다랗고 낡은 덧신이 신겨져 있었어요. 그
덧신은 소녀의 어머니 것이었어요. 소녀는 덧신을 질질 끌며 거
리를 걸었어요.

"이랴!"

커다란 마차 한 대가 쏜살같이 다가왔어요.

소녀는 마차를 피해 황급히 길을 건너다 덧신을 잃어버리고 말았어요. 마차가 지나간 뒤 소녀는 다시 그 자리로 돌아가 덧신을 찾았어요. 소녀의 눈에 저만큼 떨어져 있는 덧신이 보였어요. 소녀는 그 덧신을 주우러 다가갔어요. 그런데 그때 한 소년이 소녀보다 더 재빨리 그 덧신을 주웠어요.

"이리 줘, 그건 내 덧신이야!"

소녀가 말했어요.

"어디 와서 가져가 봐. 무슨 덧신이 이렇게 크담. 이건 아무래도 내 아이가 태어나면 나중에 요람으로 써야 할 것 같구나. 깔깔깔!"

소년은 소녀 앞에서 덧신을 흔들어 대더니 멀리 달아났어요.

다른 쪽 덧신도 어디로 갔는지 보이지 않았어요. 소녀는 맨발이 되었어요. 추위에 소녀의 발은 금방 새빨갛게 변했어요.

"성냥 사세요, 성냥 사세요!"

소녀는 배가 고파 기운이 없는 소리로 외쳤어요. 하지만 아무도 소녀의 소리를 귀담아듣지 않았어요. 다들 따뜻한 외투 속에 얼굴을 푹 파묻고 집으로 가기에 바빴지요. 소녀의 낡은 앞치마에는 성냥이 가득 담겨 있었어요. 소녀의 손에도 성냥이 한 묶음

들려 있었어요. 아침부터 나와 성냥을 팔았지만 어쩐 일인지 오늘따라 성냥이 한 개도 팔리지 않았어요.

소녀는 배고픔과 추위에 금방이라도 쓰러질 것만 같았어요. 거리에는 이제 지나다니는 사람이 아무도 없었어요. 더 이상 걷기 힘들어진 소녀는 어느 집 처마 밑에 웅크리고 앉았어요. 그 집 창문에서는 환한 빛이 나오고 구운 거위 고기 냄새가 고소하게 풍겨져 나왔어요. 그날은 새해 전날이었으니까요. 물론 소녀도 그것을 잘 알고 있었지요. 하지만 소녀는 집에 돌아갈 수가 없었어요. 성냥을 하나도 팔지 못했기 때문이에요.

"어디 가서 하루 종일 빈둥빈둥 놀다 빈손으로 돌아온 게냐. 그렇게 한 푼도 못 벌어 오면 대체 뭘 먹고 살란 말이야!"

소녀가 빈손으로 돌아간다면 술에 취한 아버지는 화를 내며 소녀를 때릴 게 분명해요.

소녀의 작은 손은 추위로 꽁꽁 얼어 버렸어요.

'아. 따뜻한 불이 있었으면…….'

소녀는 생각했어요. 그때 소녀의 눈에 자신의 손에 들려 있는 성냥 꾸러미가 보였어요. 소녀는 조심스레 성냥 하나를 꺼내 벽에 그었어요.

"치익!"

성냥에 불이 붙었어요. 꺼질 듯 말 듯하던 불빛이 마침내 활활 타올랐어요. 작지만 밝고 따뜻한 빛이었어요. 소녀는 자신이 커다란 난로 앞에 앉아 있는 상상을 했어요. 난로의 불이 활활 타올라 소녀의 몸을 따뜻하게 덥혀 주는 것 같았지요.

'아, 따뜻해!'

소녀는 미소를 지으며 난로 앞으로 손을 내밀었어요. 바로 그 순간, 성냥의 불꽃이 꺼지더니 난로는 사라졌어요. 소녀의 손에는 다 타 버린 성냥개비만 남아 있었지요. 소녀는 아쉬웠어요. 그래서 또 다른 성냥 하나를 꺼내 벽에 그었어요.

"치익!"

성냥에 불이 붙자, 이번에는 커다란 식탁이 나타났어요. 식탁에는 눈처럼 새하얀 식탁보가 덮여 있고 예쁜 그릇들이 놓여 있었어요. 식탁 한가운데에는 커다란 접시가 있었어요. 그리고 그 접시 위에는 노릇노릇 먹음직스럽게 구워진 거위 고기가 놓여 있었어요. 거위의 등에는 커다란 포크와 칼이 꽂혀 있었어요.

'아, 맛있겠다!'

소녀가 거위를 보며 침을 삼키는 순간, 갑자기 거위가 벌떡 일어났어요. 등에 커다란 포크와 칼을 꽂은 거위는 뒤뚱뒤뚱 소녀에게 달려왔어요. 바로 그때, 성냥불이 꺼지더니 거위도 사라져 버렸어요. 소녀에게는 다시 어둠과 추위만 남았어요.

"치익!"

소녀는 다시 성냥불을 켰어요. 이번에는 커다란 크리스마스트리가 나타났어요. 수천 개의 촛불이 트리의 나뭇가지 위에서 춤을 추고 있었어요. 크고 작은 예쁜 선물 상자들도 트리에 잔뜩 매달려 있었어요. 이제껏 소녀가 보았던 그 어느 크리스마스트리보다도 화려하고 아름다웠어요.

'와, 정말 아름다운 크리스마스트리야!'

소녀는 환하게 웃으며 손을 내밀었어요. 바로 그때 성냥불이 또 꺼졌어요. 순간 크리스마스트리를 밝히던 수많은 촛불들이 하늘로 올라가더니 반짝반짝 빛나는 별이 되었어요. 소녀는 황홀한 얼굴로 그 별들을 바라보았어요. 가장 밝게 빛나던 별 하나가 별똥별이 되어 꼬리를 길게 남기며 땅 위로 떨어졌어요.

'할머니, 저기 좀 보세요. 별이 떨어지고 있어요!'

'얘야. 저 별은 별똥별이라고 하는 거란다.'

'별똥별이요? 별똥별은 왜 떨어지는 거예요?'

'하늘에 있는 저 별들은 사람들의 영혼이야. 그런데 저렇게 별 똥별이 떨어지는 건 누군가의 영혼이, 신이 있는 하늘로 올라간 다는 뜻이지!'

소녀는 돌아가신 할머니의 말을 떠올렸어요.

'조금 전 별똥별은 누구의 영혼일까?'

소녀는 다시 성냥 하나를 들어 벽에 그었어요.

"치익!"

갑자기 소녀의 주위가 환해졌어요. 소녀는 눈이 부셔 잠시 눈을 감았다 떴어요. 눈을 떠 보니 환한 빛 한가운데 할머니가 서 있었어요. 할머니는 늘 그랬던 것처럼 부드럽고 자상한 얼굴로 소녀를 바라보고 있었어요.

"할머니!"

소녀는 반가운 마음에 할머니를 불렀어요.

할머니는 빙그레 웃으며 소녀를 내려다보았어요.

'아, 성냥불이 꺼지면 할머니도 사라지겠지!'

소녀는 할머니가 사라질까 두려워졌어요. 따뜻한 난로, 맛있는 거위, 아름다운 트리가 그랬던 것처럼 말이에요.

소녀는 재빨리 갖고 있던 성냥 꾸러미 전체에 불을 붙였어요.

사방이 대낮처럼 환해졌고 따뜻해졌어요. 그 빛 한가운데 서 있는 할머니는 그 어느 때보다 크고 아름다워 보였어요.

"할머니, 저도 데려가 주세요. 이곳은 너무 춥고 무서워요. 할머니가 계신 그곳에서 나도 살고 싶어요."

소녀는 간절히 애원했어요. 소녀의 눈에 눈물이 맺혔어요.

"울지 마라, 우리 아가. 이리 와 나랑 같이 가자꾸나!"

할머니가 두 손을 내밀어 소녀를 품에 안았어요. 할머니의 품은 따뜻했어요. 소녀는 행복에 겨워 미소를 지었어요.

할머니는 소녀를 품에 안고 하늘로 날아올랐어요.

"저런, 너무 추워서 성냥에 불을 붙였었나 봐."

"불쌍하기도 해라!"

다음 날 아침, 사람들이 소녀 주위에 몰려 웅성거리고 있었어요. 소녀의 몸은 이미 차디차게 식어서 더 이상 온기를 찾아볼 수 없었어요. 하지만 소녀의 뺨은 붉게 물들어 있었고, 행복한 미소까지 띠고 있었지요. 사람들은 상상도 못 할 거예요. 지난밤 소녀가 얼마나 아름다운 꿈을 꾸었는지 말이에요.

부록

독후 활동

- 내용 확인하기

- 생각 나누기

- 신 나게 활동하기

- 생생 독후감

엄마와 함께하는 독후 활동

1. '벌거벗은 임금님'에서 황제는 새 옷을 얼마만큼 좋아했나요?

예시 황제는 새 옷을 장만하는 데 돈을 펑펑 쓰며 나랏일에는 전혀 신경을 쓰지 않았다. 하루에도 몇 번씩 옷을 갈아입었고, 신하들이 나랏일을 의논하러 와도 옷을 갈아입느라 신하들을 만나지 못할 정도였다.

2. '벌거벗은 임금님'에서 낯선 두 남자는 자신이 짠 옷감은 어떻게 특별하다고 말하였나요?

예시 자기들이 만든 옷은 어리석은 사람들에게는 보이지 않고, 현명하고 지혜로우며 정직한 사람들의 눈에만 보이는 옷이라고 말했다.

3. '벌거벗은 임금님'에서 사기꾼들이 일하는 방을 직접 찾아간 황제는 왜 속마음을 감추고 사기꾼들을 칭찬했나요?

예시 황제의 눈에는 아무것도 보이지 않았지만 어리석은 사람으로 보일까 봐 옷감이 마음에 든다며 칭찬을 하고 흐뭇한 미소를 지었다.

4. '벌거벗은 임금님'에서 새로 만든 옷을 입고 행진을 하던 황제를 보고 한 어린아이가 "아무것도 입지 않았어!"라고 소리치자 주변에 있던 어른들은 어떻게 했나요?

예시 사람들 사이에서 작은 웅성거림이 시작되다가 점점 커지더니 마침내 사람들은 황제를 보며 큰 소리로 웃기 시작했다.

5. '못생긴 아기 오리'에서 엄마 오리가 마지막까지 품고 있던 알에서는 다르게 생긴 아기 오리가 나왔어요. 이 오리는 다른 아기 오리와 어떻게 달랐나요?

예시 다른 아기 오리들보다 몸집이 두 배는 넘게 차이가 났고, 너무 못생긴 데다 털까지 회색이었다.

6. '못생긴 아기 오리'에서 막내 아기 오리는 왜 농장을 떠나기로 결심하게 되었나요?

예시 처음에는 막내 오리를 감싸 주던 엄마까지 짜증을 내자, 막내 오리는 아무도 자신을 사랑해 주지 않는다고 생각했다. 그래서 넓은 세상에 나가기로 결심했다.

7. '못생긴 아기 오리'에서 집을 나온 아기 오리는 할머니의 집에서 몇 주 동안 지내면서 왜 행복하지 않다고 생각했나요?

배가 고프거나 춥지는 않았지만 신선한 공기와 눈부신 햇빛이 그리웠고, 시원한 물가에서 헤엄도 치고 싶었기 때문이다.

8. '못생긴 아기 오리'에서 막내 아기 오리는 백조들 곁으로 헤엄치다가 물에 비친 자기 모습을 보고 깜짝 놀랍니다. 왜 놀랐을까요?

물에 비친 자신의 모습이 못생긴 아기 오리가 아니라 아름다운 백조였기 때문이다.

9. '성냥팔이 소녀'에서 소녀는 추운 겨울, 성냥이 팔리지 않는데도 왜 집에 돌아가지 못했나요?

성냥을 팔지 못하고 빈손으로 돌아가게 되면 술에 취한 아버지가 화를 내며 소녀를 때릴 것이 분명했기 때문이다.

10. '성냥팔이 소녀'에서 추위에 견디다 못한 소녀가 성냥불을 켰을 때, 소녀는 무슨 생각을 했나요?

`예시` 성냥불이 타오르자 소녀는 자신이 커다란 난로 앞에 앉아 있는 상상을 했다. 그러자 난로의 불이 활활 타올라 몸을 따뜻하게 덥혀 주는 것 같았다.

11. '성냥팔이 소녀'에서 소녀가 세 번째 성냥을 켰을 때 무엇이 나타났나요?

`예시` 수천 개의 촛불이 트리의 나뭇가지 위에서 춤을 추고 예쁜 선물 상자들이 잔뜩 매달린 크리스마스 트리가 나타났다.

12. '성냥팔이 소녀'에서 소녀는 성냥이 꺼지는 걸 바라보다가 별똥별이 떨어지는 것을 보았어요. 별똥별은 왜 떨어진다고 했나요?

`예시` 소녀의 할머니는 소녀에게 하늘에 있는 별들은 사람들의 영혼인데, 별똥별이 떨어지는 것은 누군가의 영혼이 신이 있는 하늘로 올라간다는 걸 뜻한다고 말해 주었다.

1. '벌거벗은 임금님'에서 황제는 화려한 겉모습과 체면만 생각하는 바람에 큰 창피를 당했어요. 여러분이 만약 황제라면 겉모습이나 체면보다 무엇을 더 중요하게 여길지 생각해 보세요.

~~~~~~

~~~~~~

~~~~~~

~~~~~~

2. '벌거벗은 임금님'의 황제처럼 겉모습만을 중요하게 여기는 친구가 있다면 어떤 충고를 해 줄 수 있는지 생각해 보세요.

~~~~~~

~~~~~~

~~~~~~

3. '못생긴 아기 오리'에서 아기 오리는 외모 때문에 자신감을 잃었
   어요. 아기 오리처럼 콤플렉스 때문에 주눅 들거나 자신감을
   잃은 경험이 있는지 떠올려 보세요.

   ～～～～～～～～～～～～～～～～～～～～～～～～～～～～～～～～～

   ～～～～～～～～～～～～～～～～～～～～～～～～～～～～～～～～～

4. '못생긴 아기 오리'에서 아기 오리는 남들보다 못난 게 아니라
   남들과 '다를' 뿐이었어요. '못났다'와 '다르다'는 어떤 차이가 있
   는지 생각해 보세요.

   ～～～～～～～～～～～～～～～～～～～～～～～～～～～～～～～～～

   ～～～～～～～～～～～～～～～～～～～～～～～～～～～～～～～～～

5. '성냥팔이 소녀'의 소녀처럼 누구에게도 관심 받지 못하고 외롭
   게 지내는 친구가 있다면 어떤 말로 위로하고 용기를 불어넣어
   줄 수 있는지 생각해 보세요.

   ～～～～～～～～～～～～～～～～～～～～～～～～～～～～～～～～～

• <안데르센 동화집>을 읽고 엄마와 함께 '안데르센'을 주제로 멋진
  신문을 만들어 보세요. 안데르센의 발자취, 작품, 사진 등을 찾아 알
  차게 꾸며 보세요.

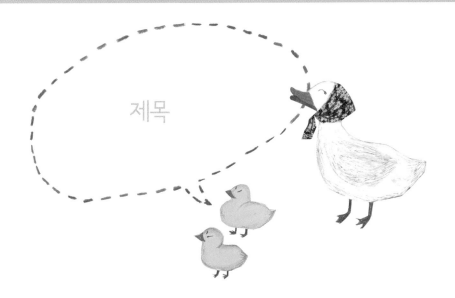

제목

● <못생긴 아기 오리> 주변에 아기 오리처럼 못생겼다는 이유로 미움을 받는 친구가 있다면 나는 어떻게 해야 할까요? 위로와 격려의 편지를 써 보세요.

• <안데르센 동화집>을 재미있게 읽었나요? 오래오래 기억에 남을 수
있도록 독서 기록장을 정리해 보세요.

책 제목

지은이

읽은 날짜   년   월   일 ~   년   월   일

등장인물

줄거리

느낀 점

〈벌거벗은 임금님〉을 읽고

옛날 어떤 나라에 옷을 좋아하는 황제가 있었다. 어느 날 사기꾼들이 나타나 어리석은 사람에게는 보이지 않는 옷을 만들 수 있다고 했다. 사기꾼들은 며칠 동안 옷을 만드는 척만 하고 다 완성했다고 했는데, 신하와 황제는 옷이 너무 훌륭하다고 칭찬했다.

제일 재미있었던 부분은 황제가 벌거벗은 채로 도로 한복판에서 행진했을 때이다. 모든 사람들이 보고 있는데 자기가 멋진 옷을 입고 있다고 착각하며 뻐기는 모습이 너무 재미있었다. 그때 어떤 어린아이가 황제가 벌거벗었다고 말했다. 다른 사람들은 황제한테 혼날까 봐 거짓말을 하고 있는데 그 소년은 순수하고 솔직하기 때문에 황제에게 벌거벗었다고 말했다. 그 소년의 용기가 대단한 것 같다. 그러자 황제도 행진을 하면서 창피해했다. 그러면서도 체면 때문에 행진을 끝까지 하는 모습이 너무 우스꽝스러웠다.

서울 반원초등학교 박선진